左邊

賀爾

目錄

序
詩與黑洞：讀賀爾詩集《左邊》◎ 郭詩玲

　　第一次為詩集寫序。據說第一句往往行路難，還好現在沒有這個煩惱啦（抄用賀爾欣賞的波蘭詩人辛波絲卡（1923–2012）的〈詩人與世界：一九九六年諾貝爾文學獎得獎辭〉[1]的方案）。

一、從黑洞說起

　　2019年4月10日，以觀測星系中央超大質量黑洞為目標的計劃機構「事件視界望遠鏡」（Event Horizon Telescope），發布了人類歷史上的第一張黑洞照片。

　　三天后的4月13日，新加坡詩人賀爾先生（此「先生」也含「教師」義，他是一位中學華文教師），發來他即將出版的第四本詩稿，正好滿足我「敲碗」許久的期待，以序之名，先睹為快。

　　黑洞無法直接觀測，只能間接得知其存

在、質量、影響等。詩亦如此，難以破解直測，講求心領神會，命懸於「緣」，打動鐵心了就有緣，就是可以剪貼珍藏於心件匣的好詩。

如果沒寫詩，今生該是和賀爾無緣結識的。初遇是在 2017 年 2 月 26 日，本地獨立書店——城市書房舉辦第一屆「購買新加坡文學書運動」（#BuySingLit）之「詩生活：每當靈光閃爍」座談會，我們是其中兩位分享人。記得賀爾在座談會中提及曾在大學時自印詩集分給朋友，多熱血浪漫的青春情懷，我喜歡的香港畫家智海（1977–）在大學時也做過這樣的事（智海在 2016 年新加坡作家節中提到）。

請教賀爾後，這本《左邊》詩集是他的第四本詩集，兼第一本交由出版社出版的詩集；前三本自印詩集是：《叫風》、《herr poetry》、《溫暖紙上》。他是能用中英雙語創作的才華家，《溫暖紙上》的 21 首詩裡，就有 10 首是英文詩。

二、「最體貼的殆盡」：天文的詩意

　　說到黑洞，很巧地賀爾的詩中就使用了一些天文的意象，像這首〈天宮一號〉：「不記得／是什麼時候開始／我被你吸引／卻發現距離好遠／／有一天／你會脫序／分心／開啟自由模式／誰也沒把時間算準／究竟是哪一天你決定轉身／／不能不信星辰命理的安排／你成功避開冰冷的隕石／不曾捲入巨大宇宙黑洞／落葉總該歸根／／是什麼時候開始／你慢慢劃入我仰望的軌道／好多人說／當年你上升時的壯美／即使化成粉碎／也是體面／／今天你／決定／熱鬧噴灑／在沙灘、遊樂場或屋脊／和乏人問津的海島／完成最體貼的殆盡。」

　　「天宮一號」是中國大陸的實驗型軌道飛行器，2011年發射升空，2016年停止運行，2018年再入大氣層，大部分器件燒蝕銷毀，最後墜入南太平洋。

　　賀爾善於從現象中提煉詩意，「即使化成粉碎／也是體面」與「完成最體貼的殆盡」二句，讓整首詩體面又體貼。天文學是宇宙的詩

學，奧妙荒渺而迷人。

又如這首〈逃生〉：「天體運行和身體運行差不了多少／地心吸引力從不手軟／其他星球人怎麼命名／這惹人厭的扯後腿／／垂老的身體表面／斑點有如印尼千島／別陷入某種哲學思考／但也有可能某天日出／星體剎那爆炸成／大大小小碎石脫離軌跡／被其他引力／將八方飛散的他／合成少壯流星」。將地心引力妙喻為一種「從不手軟」的「扯後腿」行為，足見賀爾的幽默。老了，老人斑多如千島之國印度尼西亞，真是哎喲老天。人生的意義，是窮讀哲學理論也參不透的，最終的結果，該是如星辰碎石脫軌，流星般逃生。

賀爾的思路與眼界，經常繫於時間與空間。時間，幾乎是每一位詩人、作家、藝術家永恆的創作命題之一。只要小叮噹的時光機還沒發明出來，連接時空區域的狹道——「蟲洞」[2]還沒創造出來，走在這條單向道的我們，注定永遠回不到過去，無法上演穿越劇，彌補不了任何的「早知道」。像他在〈無題〉首段寫的：「販賣時間／不斷投幣也掉不出

來」，正是「寸金難買寸光陰」的白話版。販賣機內的商品應有盡有，就是沒賣時間。又如〈錯位〉：「把過去的包袱放在現在的位置／再把現在的時間留給從來／都不靠站的時間／時間一截／一截經過了／自己的座位／又過了頭」，敲響一記「活在當下，避免錯位」的警鐘。

　　邁入不惑與知天命之間的壯年，難免對於過去與未來，有所感懷，更何況是一位善感的詩人。賀爾這首〈奈何〉，即是一首致青春的詩：「你是湯／液體不會渴／保持濃稠和溫度／華麗的平衡感／我雙手捧碗／示意／要摔破／你冷冷地說／我還是湯／你沒喝／我已淌入你食道／碗是個假動作／／玻璃／愛理不理／青春慢得很／薯條推擠／兼職薪水好多／就買張演唱會的票／／如今青春像聖誕樹裝飾／被催著／過了節就拆／入沙的眼／荷爾蒙隔著快餐店的玻璃門／從縫裡竄出來的刺」。明明成人打工仔的薪水比學生兼職工多，學生卻「富裕」得可以買演唱會門票；再回首，青春正是揮霍的代名詞，「不會渴的液體」，隔著快餐

店玻璃門跳躍的荷爾蒙。常和中學生相處的教師詩人，觀察細緻，冶煉出「液體不會渴」這樣的佳句。

三、「前方是錯落掌紋」：生活與閱讀

在新加坡政府中學擔任全職教師，工作量是很可觀的，尤其是華文教師，在培養學生興趣和批改作文方面，腦細胞應該燒了千萬回，同時也背負著「任重道遠」的壓力。

賀爾說，他自新加坡國立大學中文系畢業後，「十年不詩」，他在第三本自印詩集《溫暖紙上》的自序中寫道：「教學工作繁重或婚後生活寫意無法充當不寫的藉口」。儘管如此，他在社會浸泡10年後，還是重投詩的懷抱。人生無常，寫詩終究是穩住自己的力量，自我的出口，相信他一定是「偏愛寫詩的荒謬」吧。他熱愛閱讀，偶爾簡訊聊天時，他滿腹學問，我的淺陋盡顯無遺。例如這首〈蚊子文字〉，就可顯示他海量的閱讀習慣了：「蚊子觸耳叮嚀前一日所欠文字／中指、腰間、太

陽穴／防不勝防林書豪／夜間寫日記／姜文騎驢找馬／春短日子長／讓子彈慢慢飛過紀伊國屋／深夜食堂釣鱈魚子／以董橋七十為尺／已走到橋中央回頭還是探前／都是一樣的距離」。根據此詩的後記，原來是家住八樓的賀爾被「不辭勞苦攀飛」的蚊子「神風式夜襲」，便將白天看的三本書《董橋七十》、《騎驢找馬》、《深夜食堂》[3]入詩。由此可見，生活無詩不可，詩人還能在蚊群中靜心解愁，頗有生活禪意。

然而「吾生也有涯，而知也無涯，以有涯隨無涯，殆已！」（《莊子·內篇·養生主第三》），書是看不完的，賀爾對這點了然於心：「追求知識是一場驚心動魄的過程，／越追就發現眼前展開的岔路越多，蔓延無度。／你停駐，喘氣，回頭看是斷崖，／前方是錯落掌紋。」（〈無題〉第三段）各門知識脈絡如掌紋般盤根錯雜，又暗通款曲，我們不是文藝復興人如達文西（Leonardo da Vinci，1452–1519），自然得停駐喘氣，避免身心俱殆。

四、「把未竟之歌唱完吧」：心繫本土文史

　　賀爾是土生土長的新加坡人，對於本地社
會的文化與歷史，自有一番點滴上心頭，並不
因為長年累月的社會化而變得冷漠麻木。像這
首〈新謠〉：「一代人／砌起的沙堡敵不住／
那幾掠覆手為雨／／孩子的臉還沒長開／已經
被撕裂／／點一盞小燈／心曲是一首輓歌」，
「新謠」即是「新加坡民謠」的簡稱，特指
1980年代的新加坡青少年自創的歌謠，它是民
間自發興起的音樂運動，從現在的眼光看來，
是具有國家、族群、世代等身份認同意義的文
化運動。過去幾年刮起「新謠熱」，「新謠演
唱會」場場爆滿，賺的是生長在1980與1990年
代的中年人士的集體回憶。

　　新加坡導演鄧寶翠（1971–）在2015年推
出的紀錄片《我們唱著的歌》，深度展現「新
謠」的發軔歷程，賀爾詩中的「那幾掠覆手為
雨」與「心曲是一首輓歌」，與《傳燈》作曲
人張泛（1956–）在該紀錄片中擦拭的眼淚交
相呼應。「砌起的沙堡」，則讓人想起新加坡

導演巫俊鋒（1983–）在2010年首部執導的電影《沙城》。一代人建起的沙堡，滾滾浪潮唰一下就捲走了，彷彿不曾存在。

新加坡青年作家荊雲（1979–2018）的生命也在去年倏地被洪流吸沒，引發詩人以其本名撰詩〈張淑華〉深情紀念：「你還沒寫完／就戛然而止／你就在雲裡／看著可憐的地球人／把未竟之歌唱完吧」。

五、「站成一輩子的岸」：詩情與夢想

賀爾寫起情詩來也很有一手。像「愛」是什麼？「你曾忍住盛放的時刻／嘆息時／把燦爛開在我眼裡」（〈愛〉）。「情人眼裡出西施」，傾心的對象，在眼裡總是燦爛。

當然寫感情，最怕濫情，畢竟肉麻與噁心僅在一線之間，拿捏不易。耍點小幽默絕對是妙招，像這首〈Haiku 石爛（悲劇版）〉：「你明白就算／站成一輩子的岸／也等不到她」。這首詩無論是形式還是內容，都令人拍案叫絕。「Haiku」（俳句）是一種日本古

典短詩體裁，由三句17個音節組成（五音節、七音節、五音節）。這首詩的音節與分行，符合俳句的基本格式，詩題更與「海枯石爛」諧音，內容切題，「站成一輩子的岸」一句令人過目難忘，彷彿一尊「望她石」。

此外，將中國古典文學與當代新詩並置穿插，非但不違和，甚且和樂融融，更是賀爾的「殺手鐗」，例如這首〈殊不知〉：「子非顏回焉知／道／貧中帶一瓢甘／／子非莊子焉知／飛蛾偽裝成／撲身火海的偽莊子／／子非松齡焉知／狐／不及人做鬼祟狀／／子非長吉焉知／瘦驢啼血／斑竹藏有曲折鬼胎」，仿擬了莊子與惠子的「濠梁之辯」（「子非魚，安知魚之樂」），將顏回（公元前521–前481）、莊子（約公元前369–前286）、蒲松齡（1640–1715）、李賀（790–816），與其人其文的典故入詩類比，迴環反覆，別有意趣。另外，將《紅樓夢》入詩的〈讖語〉，奇想聯翩，引人入勝：「每個人心裡住著一位薛寶釵／每個人心裡住著一位林黛玉／她們的口袋裡都有一包煙／還好打火機不在她們身上／否則

自焚也好，自戀也好／亦近亦遠／都是一場雪崩」。大家閨秀與煙鬼美眉，下場不外是「白茫茫一片大地真乾淨」，雪崩無痕，滿滿的虛空席地而坐。

六、「一方蠕動趨前／一方風光敗壞」：存在的理由不假外求

　　常有人告訴我，新加坡華文文學不怎麼行。只能說，他們應該是還沒讀過英培安、殷宋瑋、黃凱德、陳晞哲等本地上乘作家的作品，如今名單上還得加上賀爾的詩。

　　賀爾和我在上個月（2019年3月）都出席了上海作家金宇澄在新加坡的講座。金氏認為，好的文學該像超級市場一樣，可以讓讀者各取所需；我想道理用在這本《左邊》詩集也是可行的，例如讀者可以從中收割哲學的尋思，情感的酣暢，寫詩的荒謬，戲謔的幽默，捲入黑洞之中密度趨近於無限的奇點——「山的巍巍並沒有拉直／河的彎彎／反倒是曲折了彼此的追逐」（〈纏繞〉），進而領略生命的

「種種可能」。

郭詩玲

寫於2019年4月14日，新加坡

序者簡介：郭詩玲，新加坡南洋理工大學中文系碩士（漢語言學）。自行出版七部詩集與一部畫集，包括：《我走在我之上》（2014）、《穿著防彈衣的我們怎麼擁抱》（2015）、《當你靈感塞車》（2016）、《得不到你時得到你》（2017，兼插圖）、《野生的心：郭詩玲水墨畫集》（2018）。作品受邀收錄於台灣詩刊《衛生紙+》（鴻鴻主編）、陳大為與鍾怡雯主編《華文文學百年選·馬華卷2：小說、新詩》、上海譯文出版社《外國文藝》等。

註釋

[1] 辛波絲卡〈詩人與世界：一九九六年諾貝爾文學獎得獎辭〉，《辛波絲卡》（譯者：陳黎、張芬齡），（台北：寶瓶文化，2011），頁214。

[2] 關於蟲洞，可參見史蒂芬·霍金（Stephen Hawking）〈蟲洞與時間旅行〉，《圖解時間簡史》（譯者：郭兆琳、周念縈），（台北：大塊文化，2012），頁202–217。

[3] 胡洪俠編選《董橋七十》，（北京：海豚出版社，2012）；姜文《騎驢找馬：讓子彈飛》，（北京：長江文藝出版社，2011）；安倍夜郎《深夜食堂》（譯者：丁世佳），（台北：新經典文化，2011–2018）。

自序
太陽底下沒有新鮮詩 ◎ 賀爾

「後生可畏」這個成語出自《論語·子罕》。子曰：「後生可畏，焉知來者不如今也？四十、五十而無聞焉，斯亦不足畏也已。」孔子明確地肯定了年輕人的才情，勇氣以及行動力。現在你拿在手中的這本詩集也證明了這個道理。「後生」指的不是我，而是比我年輕整整十多年的這群新文潮出版社的年輕編輯。

出版書籍向來是一件勞心勞神的事，所動用的精力和資源不足為外人道。我自大學時期開始便陸續地寫了一些東西，每回累積了一定數量的詩便會結集並自印數十本贈與友人。就算如此，我從來都沒有想要正式出版。原因有很多，除了疏懶之外，我總認為「太陽底下沒有新鮮事」。

古今中外的著作，無論詩歌、小說或散文的總量猶如恆河沙數，還有什麼故事或主題沒被寫過呢？幾千年來，人類平均壽命雖比不上

現在來得長，但過去卻有無數寫作人投入畢生精力沉浸在寫作中，苦苦經營和琢磨，寫出無數篇超越上一代人的佳作。面對如此「鋪天蓋地又驚心動魄」的人類寫作史，作為後來者還能玩出什麼新把戲呢？充其量，我們不過是新瓶裝老酒。太陽底下還有新鮮「詩」嗎？

人類詩歌的額度應該已經用完，桶底也刮不出什麼了。就算額度沒有用完，就只剩下那一點，我們還擠得出什麼像樣的形狀？現在人工智能已經嘗試在寫詩，雖有些粗糙但也有長進，有些作品甚至能嗅出詩味。更厲害的是，AI 無需國家不幸，也不必承受寫詩對身心的副作用。相信不久 AI 就能不斷進化，不分晝夜地寫，以人海戰術淹沒血肉詩人。若罔顧這些考量還執意出版，那我們豈不是癡人或傻子？最後，我只能憑藉蘇珊·桑塔格（Susan Sontag）的一則軼事來打雞血。年輕的她曾經如此嘲諷自己與友人：「既然大家都出版 crap，那多一本 crap 也就無所謂吧！」（大意）

每一首詩自有它的生命週期，詩一寫完其

實就飛離作者的掌心，而時間是最公平的評鑑家。大部分的人類書寫將慢慢衰老並被淘汰和遺忘。既然如此，以上種種出版的顧慮也許就能釋懷，畢竟若干年後也沒有什麼人會記起這件事。大家都忘了也就沒什麼癡人、傻子或明白人之分了。

最後，我由衷感謝新文潮出版社的編輯：來昇、均榮和文慧。是他們對文學的痴迷和義無反顧，才促成這本詩集的出版。我也要感謝詩人郭詩玲在認真看完整本詩集後，撰寫了一篇四千多字的評論，她的用心令我感動萬分。太陽底下依然沒有新鮮詩，卻有前仆後繼的青春熱血。後生確實可畏，孔子沒說錯。

這一切，我將銘感在心。

2020年11月9日

無題

1
販賣時間
不斷投幣也掉不出來

2
若有所選擇
我願做驅魔人
把繆斯當魔鬼
交換
一輩子安眠

3
追求知識是一場驚心動魄的過程，
越追就發現眼前展開的岔路越多，蔓延無度。
你停駐，喘氣，回頭看是斷崖，
前方是錯落掌紋。

4

他興高采烈地告訴另一半：
當房貸終於還清的那一天
我們就可以去流浪了。

傾斜

在風濕沒來前
身體賢惠
美好季節和身體節奏
很少脫拍
膝蓋慢了路
聲音走得遠
加把力
才趕上

左肩傾斜角度其實還好
只有自己看不順眼
走調的碉堡

逃生

天體運行和身體運行差不了多少
地心吸引力從不手軟
其他星球人怎麼命名
這惹人厭的扯後腿

垂老的身體表面
斑點有如印尼千島
別陷入某種哲學思考
但也有可能某天日出
星體剎那爆炸成
大大小小碎石脫離軌跡
被其他引力
將八方飛散的他
合成少壯流星

奈何

你是湯
液體不會渴
保持濃稠和溫度
華麗的平衡感
我雙手捧碗
示意
要摔破
你冷冷地說
我還是湯
你沒喝
我已淌入你食道
碗是個假動作

玻璃
愛理不理
青春慢得很
薯條推擠
兼職薪水好多

就買張演唱會的票

如今青春像聖誕樹裝飾
被催著
過了節就拆
入沙的眼
荷爾蒙隔著快餐店的玻璃門
從縫裡竄出來的刺

虛擬城市

換天洗地
不是熱帶雨帶雙關
歲月如觀雲長
多長？
如刀割
雨林和每一格廁紙
西西相關
那戲水腸流的方向
多麼不堪下家
下家

什麼娘

隱娘
窈七也可以
噢！
在滿地膠片裡一把
匕首安靜在樹上刻田季安
刻得觀眾說 don't waste time lah
刺客行業有產業鏈
黑衣
月不明
五金店破窗簾
防滑屋瓦
夜行中
上癮

唇讀

你的起落
有大海的一波波催眠作用
我多洶湧也
無法和你討論
尋人啟事裡的照片
事前說了什麼

不堪追問的事
如你未脫手的竊笑

冥王星

我好想你
遠去前
最後一顆生鏽的九號球落袋

針與線

已找不回
那件信誓旦旦的晚禮服
空櫃子
有一絲溫潤的線頭
當下還走不遠

只怪下得突然的大雨
如針
穿破視線
眼巴巴
敗走於飽滿的死角
之地

陪跑者

一個人跑
從頭到尾
只聽見自己的腳步聲
身邊偶爾有陪跑者
不斷加入
不斷脫隊
直到
只剩下自己的腳步聲

原來我才是別人的陪跑者

走鋼線者

瘦不怕斜風細雨
得在懸崖鐵壁鑿個縫
納無量劫
要脫罪要等上
九千年開一次花
九千年結一次果
你在夕陽裡往返走鋼線
如同西西弗斯
日復日夜復夜
怎麼今天你的平衡桿上
燃成的那朵杜鵑
五百年
還沒修成正果
就飛遠了

不在我身邊

愛
如一雙拖鞋
走得快
劈哩啪啦
總能趕走世界和其他人類
手被砍斷還能被接回
拖鞋少了一隻
該怎麼辦

追憶

世界上哪裡找到長生不老藥
與鶴頂紅兩兩相望
以最慢和最快的速度
去追憶

筏

苟且
至少還有星辰作伴
還有腳下回應你的枯枝
夢還無法開口
筏
已遙遙相望

讖語

每個人心裡住著一位薛寶釵
每個人心裡住著一位林黛玉
她們的口袋裡都有一包煙
還好打火機不在她們身上
否則自焚也好，自戀也好
亦近亦遠
都是一場雪崩

鑄字

把鉛一顆顆吞下
扛鼎人
駝背曲
長出節節脊椎
掌花沁墨

食月

等待
如駐守的吊睛白額虎
刺青為證

斑駁
如影子遞送
還有光
困住彼此年月的
巷角

孤獨不絕耳
螞蟻在牆上
取笑而後
如何又如何
失語

伏虎

分水嶺已到咽喉
風
火
林
山不動如如
蝴蝶的羽翼把陽光折射
虎背上的殘雪融化為
那滴淚
一晌貪歡

新謠

一代人
砌起的沙堡敵不住
那幾掠覆手為雨

孩子的臉還沒長開
已經被撕裂

點一盞小燈
心曲是一首輓歌

吃藥

如在地吸引力減半的境地
那種慢
把沸水吹成溫水下喉還慢
連笑話傳到耳邊
也拋個弧線球
落了空
甜點也不再那麼甜，剛好
回家幾步路被拉成一條街
鶴頂紅難道不是一隻鳥嗎？

女王

在巴斯勳章授勳典禮前一晚
女王拄杖明窗前
回憶一甲子前授勳時
萬人空巷的風流
明媚動人

明天就是她人間最後一次
顫巍巍授勳天罡將軍
千萬枚鎂光燈
八年才開一次花
此時她憶起她小時候在宮廷裡發生的一件事
侍從找了半天才找到了她
典禮已經過去
據說母親桂冠上的左邊第三顆藍寶石
吞下即隱形
明天就這樣辦

註：據了解，巴斯勳章授勳典禮（Order of Bath）每四年舉行一次，英女王則是每八年出席一次，當局相信這是她最後一次出席，並特意安裝攝錄機拍下奉獻儀式的重要一刻，可惜最後未能成事。

愛

你曾忍住盛放的時刻
嘆息時
把燦爛開在我眼裡

前後順序

通常被殭屍或不明物體咬了之後，
在毒性還沒發作之前，還沒有長出牙之前
清醒之前都會告訴身邊的人
發作後記得不要留一手，先把我殺掉。
月圓之前，我會在那裡等你，在你殺掉我之前
把你殺掉。

纏繞

至少從視覺上來說
山的巍巍並沒有拉直
河的彎彎
反倒是曲折了彼此的追逐
主觀意志並不能左右客觀現實
至少從時間上來說
就這樣
狂奔了幾萬年

青春

時間多得像放飛天空的氣球
亂竄揮霍才值回票價
直到一天膝蓋放了鞭炮
把氣球一一戳破

如何

如何在有故事的地方再擠入一段歲月
如何站在海角前面望出多一塊海洋
如何讓藍天白雲別再為黃金比例糾纏
如何不停從一條船上踩上另一條船
如何步伐不要慌　踩空也不落水
如何耐心等待這場煙火絢爛後的下一場
如何讓日子撕去後還能欣慰青春那幾頁
如何在許諾後砸碎後再在你面前許諾

前世

初見面的顫抖
最最
罪不可赦
孟婆湯少喝兩口
碗咬缺一口
再嚼爛一口時光
記憶飛散
春至
逆濤渡江翻來的那塊胎記
落戶
嘴角前
一晌貪婪
冷熱洶湧

主和派

如果天不打雷
如何知道雨有多響，路上人潮有多沸騰
如果街燈不通明，史官如何把汗青踏破，
鑄一打金牌
這已不是虛構，秦檜死時的確萬人空巷
岳飛何嘗不慶幸自己眼不見為淨

海豚失誤演出

是海豚把游泳圈拋向觀眾席後
觀眾使勁拍手祝福這對套住的頸項
挨著臉龐的左邊這位，請問貴姓
掙扎良久，原來圈外人才是你最愛

句號

走筆至此
前方那顆句號
漸漸剔透
就算幾處轉彎能緩一緩
貪多一宿
倒數時光也要我們
跟著倒數煙火
消失如早上的星

隔著玻璃窗
看見流竄不安的年份
卑下的人海和
我們

迷宮

慈悲尚吐蛇蠍心
舌尖崎嶇
分岔再分岔
曲徑如手中線
日夜日夜不斷編織遊子的
百衲夢魘

後知

擁抱只要再大力一點
就會洩露
骨頭裡的悄悄話
後知後覺而後也不問
當時是誰的
柔軟身段
先
往後退

明知道
再見的話不牢固
一脫口
易散且走遠
還能接上的也許
那一片接一片
舊畫面

有常

一切都是用來轉移視線的把戲
從來沒看過新加坡河畔漲潮
一對和一對年輕情侶的臉泛紅
繁華的轉身依然繁華

萊佛士雪白的頭顱　白得
雋永
有常
沒有任何飛禽能靠近
不像其他偉人的狼狽
時間不動如如
欺瞞我們的把戲

世界上沒有完美犯罪

別把我的話當真
一切要看天氣
太陽底下
無新鮮事
在六月滑稽地下雪後
身陷雪地的馬沒有
露蹄
還要看雪能撐多久

滑行

有人說咫尺天涯
並非兩種截然的距離
最遠的
那叫咫尺

明知道彼此用力拉
誰先鬆手
夢就墜入
才能沿著彼此的滿山花開
墜落

片刻
問你
瘋狂或平緩的滑行
才最美

刺客

夜行
猖狂地跋涉千山
水淹沒了膝蓋和下巴
也啞笑學著新語言和
習慣削骨之後的每晚
風濕痛
多年後
經過上萬次的彩排
當你怯怯在攤開的長卷圖上
指著關隘
圖窮
就為了使那把沒抹毒的閃亮匕首
以交換時間的雋永青史或
一刻表情

Haiku 石爛（一代宗師宮二版）

落子真無悔
彼岸有一塊頑石
回首見眾生

Haiku 石爛（悲劇版）

你明白就算
站成一輩子的岸
也等不到她

不聚

能早見面又如何
還不是早晨微光從窗縫
融化僵硬的身體
分崩離析
光落在報紙　種種的死和活和北半球冰封
裂而後遊成一塊塊永訣
不相關的遙遠痛癢
催我們擁抱久一會
離開時
不時掌心還熱
冷卻冷卻
怎會那麼急

下班時段

一切都有年齡
鑽石
細菌和海
以光速或露珠消失

歸途旅人
以吞吐量計算美夢
想起冰箱水果發霉
要扔
又忘了吃
回家，電視熒幕又
刪不停的頻道
如飛蟲盤繞
再說，擁擠身軀
一方蠕動趨前
一方風光敗壞

對角戲

把對角戲拍成

獸來借宿一日
踏雪泥
鴻爪過門
不入

雪山亭外含風
攀過一千五百年
只待一夜放晴

獸觸柱，角折
成橋樑
只聽那夜
蟬過

（《石橋禪》載阿難對佛說：我喜歡上了一女
子。

佛問阿難：你有多喜歡這女子？

阿難說：我願化身石橋，受那五百年風吹，五百年日曬，五百年雨淋，只求她從橋上經過。 ）

左邊——仿辛波斯卡〈種種可能〉

我喜歡早上磨咖啡豆的聲音
我喜歡葉子和小雨搭在一起的旋律
我喜歡街角轉彎時遇見朋友的驚喜
我喜歡看別人打開飯盒時的表情

我喜歡回頭看
我喜歡有風景的窗口
我喜歡背影，但我不喜歡影子
我喜歡跟比我老的人聊天，小孩子除外
我喜歡人類的複雜，但我不喜歡人類的狡詐
我喜歡少數服從多數，但我不喜歡人多欺負人少

我喜歡伯仲之間
我喜歡左邊多過右邊
我喜歡有人說他不大肯定答案是什麼
我不喜歡這是唯一答案的答案

錯位

把過去的包袱放在現在的位置
再把現在的時間留給從來
都不靠站的時間
時間一截
一截經過了
自己的座位
又過了頭

殊不知

子非顏回焉知
道
貧中帶一瓢甘

子非莊子焉知
飛蛾偽裝成
撲身火海的偽莊子

子非松齡焉知
狐
不及人做鬼祟狀

子非長吉焉知
瘦驢啼血
斑竹藏有曲折鬼胎

下一場新雪

說夢已經很長長得必須執一端
剪斷否則該如何繼續孤獨長眠
說愛還沒有被愛之前
之狀態未名狀已過萬重山

再不說的話
下一場還是下一場新雪
落而後覆蓋舊雪
再覆蓋舊舊雪

說夢已經很長長得必須執一端

說山盟後棄海誓
夢已靜靜得無色
已入滅出輪迴

經緯線
很少不繞過心臟地帶
長途兼跋涉
長角鏡仰望海角
得天涯一座
必舉火炬挨近
須臾方寸
執意
一步就算粉身只為
端詳夢裡失足前的容顏

蚊子文字

蚊子觸耳叮嚀前一日所欠文字
中指、腰間、太陽穴
防不勝防林書豪
夜間寫日記
姜文騎驢找馬
春短日子長
讓子彈慢慢飛過紀伊國屋
深夜食堂釣鱈魚子
以董橋七十為尺
已走到橋中央回頭還是探前
都是一樣的距離

註：夏，天熱蚊蟲多。雖住八樓，蚊子依然不辭勞苦攀
飛，生性尚武，深夜四時舍生進行神風式夜襲，只擾我
不擾妻。看來蚊子也尚儒，擇其善者而恕之，其不善者
而攻之。日間翻看了三本書，便拿來入詩。胡洪俠編選
《董橋七十》，姜文《騎驢找馬》和安倍夜郎《深夜食
堂》。

他方

自以為
往人滿為患的餐廳裡看
那張對角的桌子
你就在我前面
我背著窗

磨損的記憶
像一塊被還押的拼圖
打烊人散後
低聲下氣地贖回

他方
要移動多遠
才能彌合痊癒

肉票

肉票
需要拿鈔票來換
畢竟是精血幻化而成
真實和不虛

不過是
以物易物
鈔票是身外物
看了幾天的報紙
終於剪下
所需的字型和下來幾年衣食無憂的數目字
千萬不要報警
要確保垃圾桶
提前清空
若能以比特幣交易更佳
不能有連號鈔
別撕！

那不是手撕得來的

童叟無欺

天宮一號

不記得
是什麼時候開始
我被你吸引
卻發現距離好遠

有一天
你會脫序
分心
開啟自由模式
誰也沒把時間算準
究竟是哪一天你決定轉身

不能不信星辰命理的安排
你成功避開冰冷的隕石
不曾捲入巨大宇宙黑洞
落葉總該歸根

是什麼時候開始
你慢慢劃入我仰望的軌道
好多人說
當年你上升時的壯美
即使化成粉碎
也是體面

今天你
決定
熱鬧噴灑
在沙灘、遊樂場或屋脊
和乏人問津的海島
完成最體貼的殆盡

張淑華

你真的離開了我們
我該以什麼方式記得你
好多記憶已經模糊不清

我很少見過一個那麼樂觀的人
尤其是後來的你
越是失望的世界
你越樂觀
你有時也有火氣
在高牆和雞蛋之間
你總是選擇玉碎

你的笑點很低
看《少林足球》你肯定會哈哈大笑
「你快點回去火星吧，地球很危險的」。
我們會如此安慰自己
現在你去了一個更安全和幸福的地方

但我知道你肯定不會贊同
如果你有選擇
你還是會選擇歷險記
選擇以這個危險的地球為場域
選擇陪在愛你的人的身邊

你還沒寫完
就戛然而止
你就在雲裡
看著可憐的地球人
把未竟之歌唱完吧

註：張淑華（1979－2018），筆名荊雲，新加坡著名作家。著有散文集《雲說》和《1997》。

醒來
傳來核按鈕一直在我桌上
的事實
昨晚的煙花偽裝成硝煙
早上滿屏的祝福
確定了地球還是死皮賴臉
熬過多一年
Happy New Year

新加坡國家圖書館出版品預行編目（CIP）資料

National Library Board, Singapore Cataloguing in Publication Data
Name(s): 贺尔 .
Title: 左边 / 作者 贺尔 .
Other Title(s): 文学岛语 ; 006.
Description: Singapore : 新文潮出版社 , 2021. | Text written in traditional Chinese scripts.
Identifier(s): ISBN 978-981-18-2449-4 (Paperback)
Subject(s): LCSH: Chinese poetry--Singapore. | Singaporean poetry (Chinese)--21st century.
Classification: DDC S895.11--dc23

文學島語 006

左邊

作　　　者	賀爾	
總　　　編	汪來昇	
責 任 編 輯	洪均榮	
美 術 編 輯	陳文慧	
校　　　對	賀爾　洪均榮　汪來昇	
出　　　版	新文潮出版社私人有限公司	
	TrendLit Publishing Private Limited (Singapore)	
電　　　郵	contact@trendlitpublishing.com	

中港台發行	秀威資訊科技股份有限公司	
地　　　址	台北市內湖區瑞光路 76 巷 65 號 1 樓	
電　　　話	+886-2-2796-3638	
傳　　　真	+886-2-2796-1377	
網　　　址	https://www.showwe.com.tw	

新 馬 發 行	新文潮出版社私人有限公司	
地　　　址	366A Tanjong Katong Road, Singapore 437124	
電　　　話	+65-6980-5638	
網 路 書 店	https://www.seabreezebooks.com.sg	

出 版 日 期	2021 年 10 月	
定　　　價	SGD 18 ／ NTD 250	

建 議 分 類	現代詩、新加坡文學、當代文學	

Copyright © 2021 Seow Joo Chuan（蕭裕泉）
All Rights Reserved. Printed in Taiwan.